EL BARCO DE VAPOR

En busca del oro azteca

Misión México

Elizabeth Singer Hunt

Ilustraciones de Brian Williamson
Traducción de Victoria Cano

AGENTE SECRETO JACK STALWART

sm

www.literaturasm.com

Dirección editorial: Elsa Aguiar
Coordinación editorial: Teresa Tellechea
Traducción del inglés: Victoria Cano
Título original: *Secret Agent Jack Stalwart:*
The quest for Aztec Gold. Mexico

Publicado por acuerdo con Random House Children's Books,
una división de Random House Group Ltd.

Impresores, 2
Urbanización Prado del Espino
28660 Boadilla del Monte (Madrid)
www.grupo-sm.com

ATENCIÓN AL CLIENTE
Tel.: 902 121 323
Fax: 902 241 222
e-mail: clientes@grupo-sm.com

ISBN: 978-84-675-5311-6
Depósito legal: M-1411-2012
Impreso en la UE / *Printed in EU*

Para Elizabeth y Felicity

MAPAMUNDI

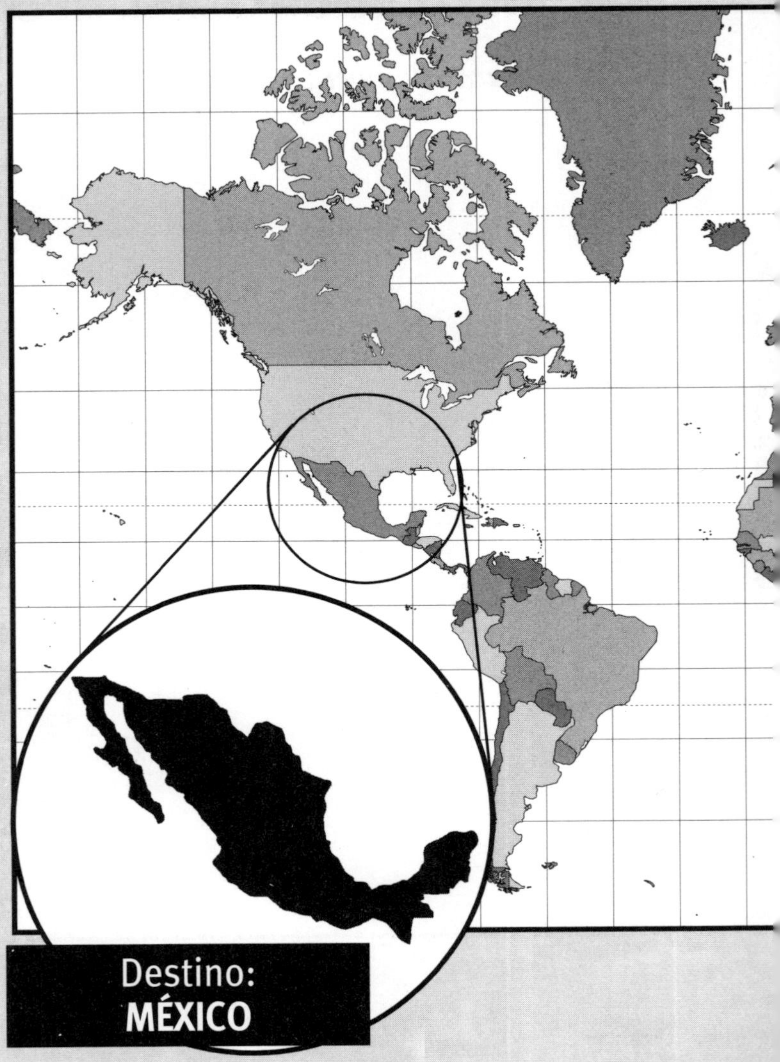

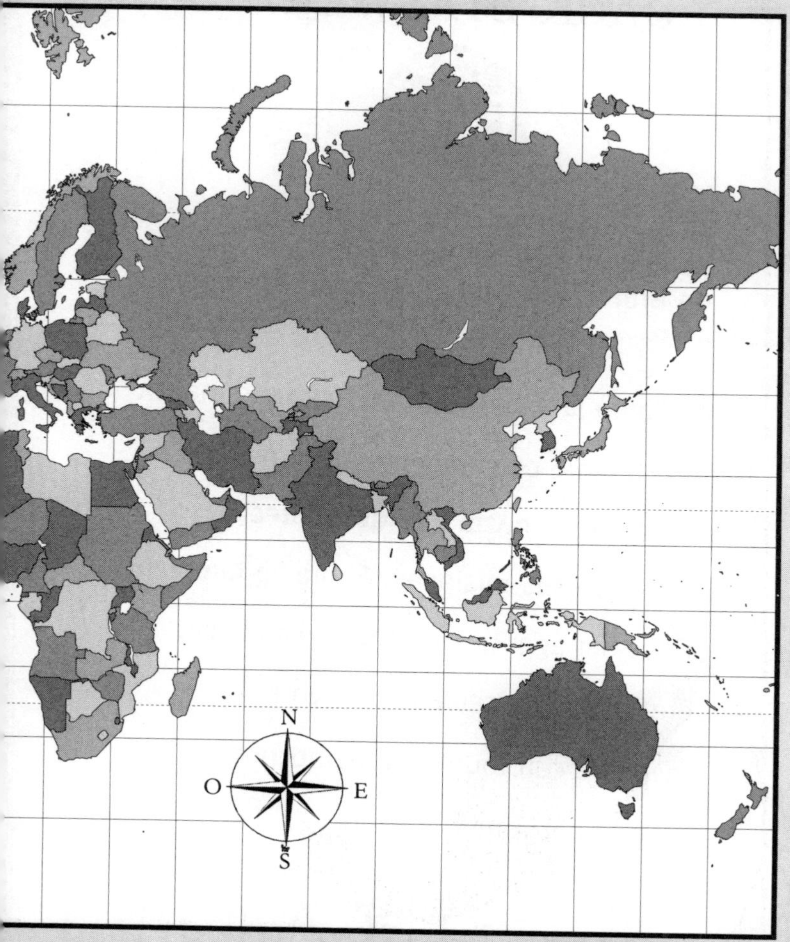
N
O
E
S

INFORME DE LA FUERZA DE PROTECCIÓN GLOBAL SOBRE

JACK STALWART

FPG

Jack Stalwart solicitó convertirse en agente secreto de la Fuerza de Protección Global hace cuatro meses.

Me llamo Jack Stalwart. Mi hermano mayor, Max, trabajó como agente secreto para ustedes hasta que desapareció en una de sus misiones. Ahora yo también quiero ser agente secreto. Si me eligen, seré un agente secreto excelente y acabaré con todos los malhechores, como lo hacía mi hermano.

Atentamente,

Jack Stalwart

ARCHIVO DE LA FUERZA DE PROTECCIÓN GLOBAL

ALTO SECRETO

Jack Stalwart empezó a trabajar para la Fuerza de Protección Global hace cuatro meses. Desde entonces, ha llevado a cabo con éxito todas sus misiones y ha conseguido arrestar a doce terribles malhechores. Por eso se le ha asignado el nombre en código de VALIENTE.

Jack aún no sabe dónde está su hermano, Max, que sigue trabajando para nosotros en un lugar secreto. Y no debe saberlo nunca. Bajo ningún concepto debe decírsele dónde está su hermano.

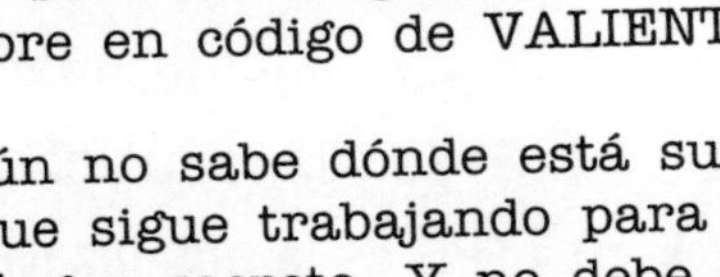

Gerald Barter
Director de la Fuerza de Protección Global

COSAS QUE VAS A ENCONTRAR EN TODOS LOS LIBROS

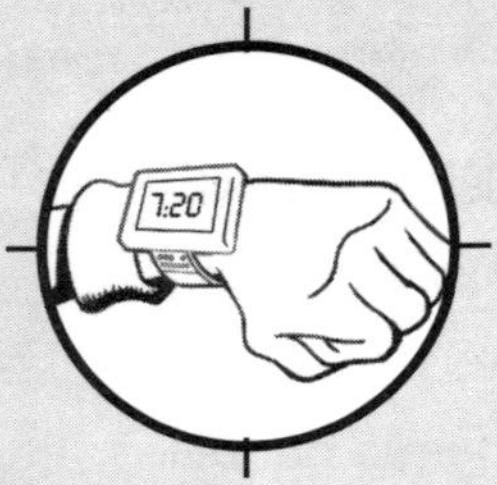

Reloj-Teléfono: Es el único aparato que Jack lleva siempre, incluso cuando no está de servicio. Es esencial porque hace funcionar a los otros aparatos. Tiene funciones muy importantes, como el botón C, que le proporciona el código diario, imprescindible para abrir la Mochila de Agente Secreto de Jack. Además, de uno de los botones de los lados sale el bolígrafo de tinta de fusión, que puede salvarle la vida en determinadas situaciones. El reloj tiene incorporado un teléfono y, por supuesto, también da la hora.

Fuerza de Protección Global: La FPG es la organización para la que trabaja Jack. Es una fuerza internacional de jóvenes agentes secretos cuyo objetivo es proteger el mundo, sus habitantes, sus espacios y sus pertenencias. Nadie sabe a ciencia cierta dónde está su cuartel general (todo el correo y los aparatos para reparar se envían a un apartado de correos y el entrenamiento se hace en distintos lugares del mundo), aunque Jack cree que se encuentra en algún lugar muy frío, como el círculo polar.

Whizzy: Es la bola del mundo mágica de Jack. Casi todas las noches, exactamente a las 19:30, la FPG se sirve de Whizzy para indicarle a Jack el país al que debe viajar. Aunque Whizzy no puede hablar, puede estornudar mensajes. Los padres de Jack piensan que Whizzy es una bola del mundo normal.

El Mapa Mágico: El Mapa Mágico está colgado en la pared de la habitación de Jack. A diferencia de la mayoría de los mapas, está hecho con una madera misteriosa y cuando Jack introduce el trozo de país que le ha dado Whizzy, el mapa se traga a Jack enterito y lo envía a su misión. Cuando regresa, ha pasado exactamente un minuto.

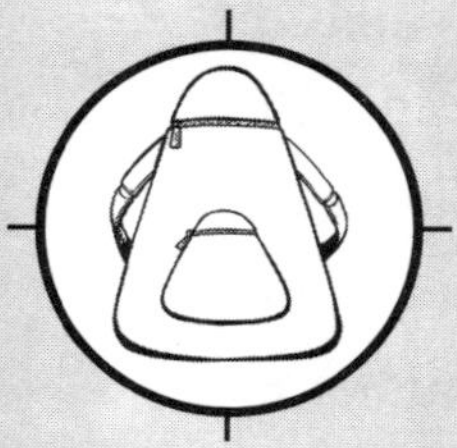

La Mochila de Agente Secreto: Es la mochila que lleva Jack en todas sus aventuras. Es exclusiva para los agentes de la FPG y contiene todos los aparatos secretos para atrapar a los malos y escapar de una muerte segura. Para activar la mochila antes de cada misión, Jack tiene que introducir el código secreto que le da su Reloj-Teléfono. Después, solo tiene que poner el dedo en la cremallera, y entonces la mochila lo identifica como su dueño y se abre inmediatamente.

LA FAMILIA STALWART

John, el padre de Jack

Se trasladó a Gran Bretaña cuando Jack tenía dos años para trabajar en una compañía aeroespacial. Todo lo que sabe Jack es que su padre diseña y construye componentes de aviones. John cree que su hijo es un chico normal y que Max, el mayor, está estudiando en una escuela en Suiza. El padre de Jack es americano y su madre es inglesa, por lo que Jack es un poco mitad y mitad.

Corinne, la madre de Jack

Para Jack, es una de las mejores madres del mundo. Cuando ella y su marido recibieron una carta de una escuela suiza en la que invitaban a Max a estudiar allí, se pusieron muy contentos. Desde que Max se fue hace seis meses, han recibido varias cartas escritas con la letra de Max diciéndoles que estaba bien. Pero no saben que todo es mentira y que es la FPG la que se las está enviando.

Max, el hermano mayor de Jack

Hace dos años, cuando tenía nueve, Max empezó a trabajar con la FPG. Max le contaba a Jack todas sus aventuras y le enseñó el funcionamiento de todos los aparatos de agente secreto. Cuando la familia recibió una carta en la que invitaban a Max a ir a una escuela en Suiza, Jack pensó que aquello tenía que ver con la FPG. Max le dijo que tenía razón, pero que no podía contarle nada acerca de su misión.

Jack Stalwart

Hace cuatro meses, Jack recibió una nota anónima que decía lo siguiente: «Tu hermano está en peligro, solo tú puedes salvarlo». Tan pronto como pudo, Jack se presentó para ser agente secreto. Desde entonces, Jack, de tan solo nueve años, se ha enfrentado a algunos de los malhechores más peligrosos del mundo, y espera encontrar y salvar a su hermano Max algún día, en alguno de sus viajes.

DESTINO:
México

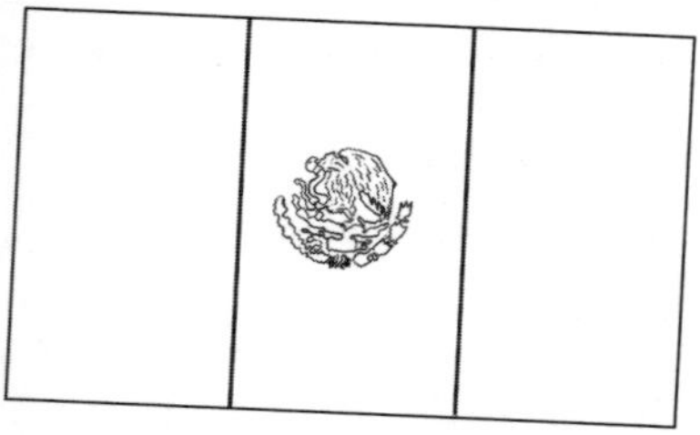

México
es el mayor país
de habla española
del mundo.

•

Está
en Norteamérica.

•

Tiene más
de 100 millones
de habitantes.

En el norte
de México
hay desiertos
y en el sur
muchas selvas.

•

La capital de México,
Ciudad de México,
es una de las ciudades
más pobladas
del mundo

•

La moneda mexicana
es el peso.

LA CIVILIZACIÓN AZTECA: HECHOS Y CIFRAS

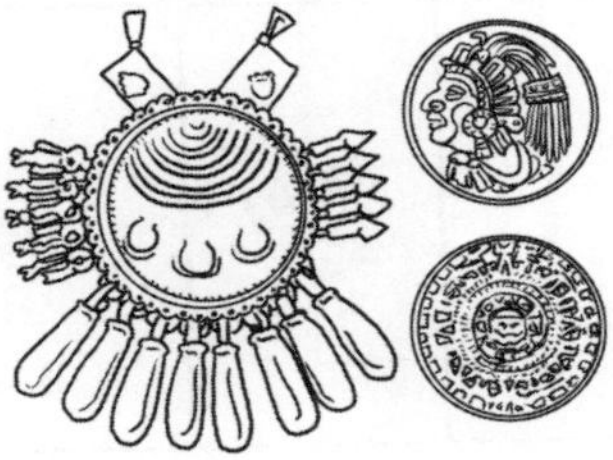

La palabra «azteca» se usa para designar a un imperio con una cultura e idioma comunes que existió en el actual México entre los siglos XIV y XVI, y cuyo centro era la ciudad de Tenochtitlán. La lengua que hablaban los aztecas era el náhuatl.

Los aztecas se alimentaban principalmente de maíz, judías, pimientos y tomates, ¡pero también comían saltamontes y hormigas!

La capital de los aztecas se llamaba Tenochtitlán. Los españoles la conquistaron en 1521.

En 1978 se descubrieron las ruinas de Tenochtitlán cuando unos trabajadores de la compañía eléctrica encontraron una piedra tallada y empezaron a excavar.

HISTORIA DE MÉXICO

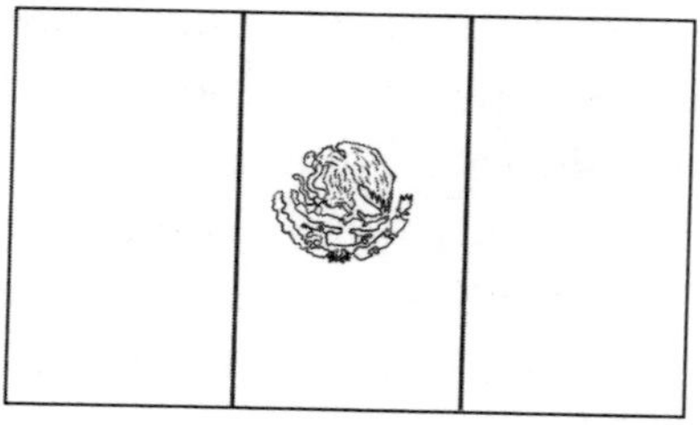

Ficha de la FPG:
Hernán Cortés y los españoles

Hernán Cortés pertenecía a un grupo de conquistadores españoles que tomaron el control de distintas tierras en nombre de su rey, Carlos I de España y V de Alemania.

En 1519, Cortés desembarcó en el territorio del actual México y se dirigió con sus hombres hacia Tenochtitlán.

HISTORIA DE MÉXICO

Moctezuma, el gobernante de los aztecas, recibió a Cortés con todos los honores, pues creía que era el dios que, según la leyenda de su pueblo, regresaría un día. Al poco tiempo, Cortés encarceló a Moctezuma. Tras aquello, los españoles tomaron el poder.

Muchos aztecas murieron luchando contra los españoles o fallecieron a causa de la viruela, una enfermedad que llegó a México con estos últimos.

Cortés gobernó México hasta 1524.

México obtuvo la independencia de España tres siglos después, en 1821.

SÍMBOLOS AZTECAS

SÍMBOLOS AZTECAS

MANUAL DE INSTRUCCIONES DEL EQUIPO DE AGENTE SECRETO

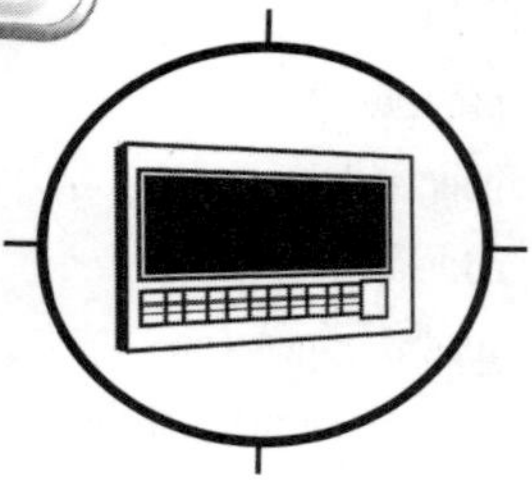

Dispositivo doble A:

Si estás buscando información sobre un lugar antiguo, puedes usar el dispositivo doble A de la FPG. Escribe lo que sepas sobre ese lugar (palabras clave o frases), y este dispositivo portátil tratará de ayudarte. Es muy útil para conseguir pistas sobre la situación de alguna ciudad perdida o para obtener un mapa de las excavaciones arqueológicas que haya en marcha.

Equipo de rápel:

Cuando no hay otra manera de bajar de una montaña o una pared de roca, usa el equipo de rápel. Este equipo incluye cuerdas, un arnés y un sistema de anclaje. También te hará falta el casco. No trates de descender si nunca has asistido a las clases de rápel del señor Kennedy.

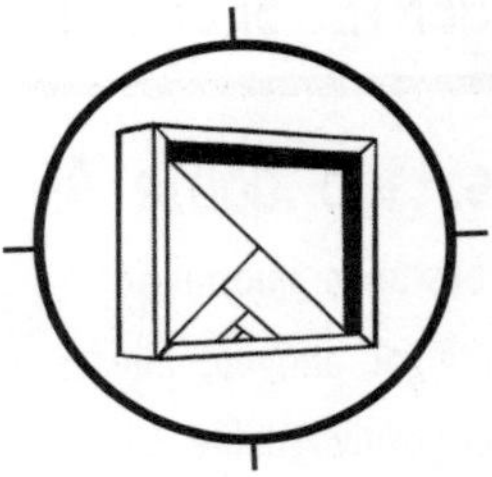

Mapa mágico portátil:

Es tan pequeño que lo podrás llevar en la mochila. Se trata de un cuadrado pequeño de madera que, abierto, llega a tener el mismo tamaño que el Mapa Mágico. Pon la pieza del puzle en su sitio y el mapa te llevará a casa o a tu próxima misión.

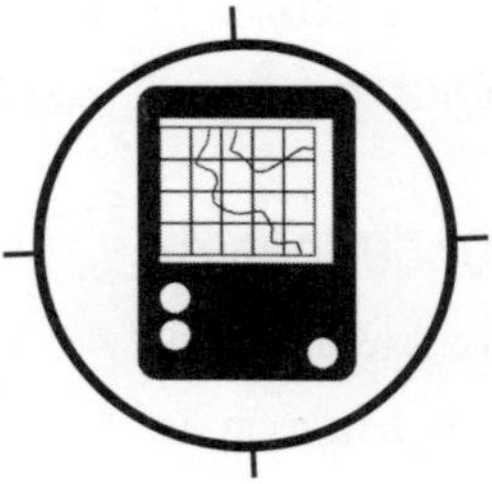

Mapa amigo:

Cuando estés perdido o tengas que ir rápidamente a algún sitio, usa el mapa amigo de la FPG.

Este ingenioso dispositivo recibe las señales de los satélites que hay en el espacio y te muestra un mapa de cualquier país, ciudad o pueblo del mundo. También indica cómo llegar de un lugar a otro mediante flechas que van señalando el camino.

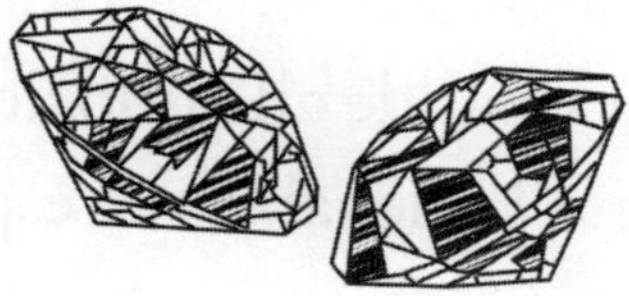

Capítulo 1
La persecución

El agente secreto Jack Stalwart corría para salvar su vida. Atravesaba una llanura a gran velocidad tratando de escapar de las cuatro sombras que lo perseguían.

Vio un arbusto espinoso. En vez de rodearlo, saltó por encima.

¡PLOM!

Sus pies chocaron con el suelo, levantando una polvareda.

¡PLOM! ¡PLOM! ¡PLOM! ¡PLOM!

Las sombras también saltaron y gruñeron al tocar el suelo. Estaban tan cerca de Jack

que casi lo tocaron, pero él seguía sacándoles unos segundos de ventaja.

Trató de alcanzar su Mochila de Agente Secreto para sacar de ella uno de sus dispositivos, pero no la llevaba a la espalda. «¡Qué raro!», pensó. Siempre estaba allí.

De repente, Jack tropezó. Cayó y sus manos chocaron con la arena. Rodó por el suelo e intentó levantarse, pero las sombras ya lo habían alcanzado, riendo a carcajadas.

–¡Noooo! –gritó Jack mientras las sombras se abalanzaban sobre él.

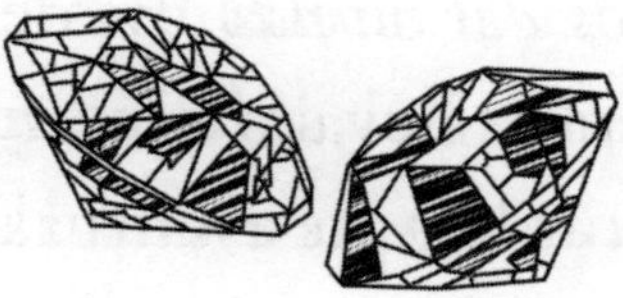

Capítulo 2
El cazador

–¡Noooo! –volvió a gritar Jack, incorporándose de repente en su cama. Estaba sudando y temblaba. Confuso, miró a su alrededor.

Aquello era, sin duda, su habitación. Encima de la mesilla estaba Whizzy, durmiendo tranquilamente al lado del reloj, que marcaba las 19:15. El Mapa Mágico estaba en la pared, como siempre. Lo que le había parecido una persecución a vida o muerte solo había sido una pesadilla.

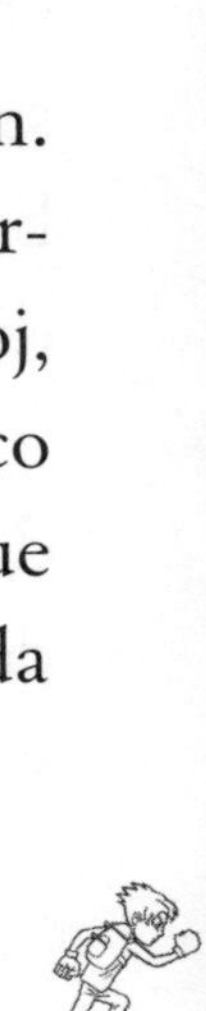

Entonces notó que algo se le clavaba en la tripa y lo cogió para ver qué era. Se trataba de un libro titulado *Los cazadores de tesoros más peligrosos del mundo*. Eso explicaba la pesadilla, pensó. Jack se había quedado dormido mientras leía las aventuras de Carl el Cruel, el conocido cazador de tesoros.

Carl el Cruel dominaba América, en lo que a robo de tesoros se refería. Si en algún sitio había oro escondido, Carl el Cruel y su grupo de bandidos no podían andar lejos.

Le llamaban «el Cruel» porque no tenía compasión. Había excavado durante muchos años para encontrar oro. Aunque nadie sabía a ciencia cierta cuántos hombres trabajaban para él, se calculaba que eran unos diez.

En el libro había una descripción del jefe de los bandidos. A Carl le faltaba la ceja derecha, vestía ropa de vaquero muy usada y unas botas rojas de cuero. Llevaba un pu-

7:15 PM

ñal muy afilado en una funda a la cintura. Carl el Cruel encajaba bien en el libro de Jack: era un tipo peligroso.

–¿Estás bien? –dijo una voz al otro lado de la puerta. Era su madre. Debía de haberle oído gritar. Abrió un poco la puerta y asomó la cabeza.

–Sí, mamá –dijo Jack enseñándole el libro–. Me he dormido leyendo esto y he tenido una pesadilla.

–Me alegro de que estés bien –dijo ella–. Anda, prepárate para acostarte, que ya casi son las siete y media. Te quiero mucho, hijo –añadió, lanzándole un beso antes de volver a cerrar la puerta.

Capítulo 3
La posición

Con el susto, Jack se había olvidado de la hora. Eran casi las 19:30 y estaba a punto de averiguar si esa noche tendría que salir para cumplir alguna misión.

Aunque sus padres y amigos pensaban que era un niño normal, Jack era en realidad un agente secreto. Trabajaba para la Fuerza de Protección Global, la FPG, una organización que se ocupa de proteger los tesoros más preciados del mundo. Nada se le resiste a un agente de la FPG, ya se trate de detener a un malvado que quiera robar la Piedra

Rosetta o a un traficante que pretenda vender especies animales en peligro de extinción. En los cuatro meses que llevaba como agente, Jack había detenido nada menos que a doce malvados criminales. Por eso el nombre en clave que le dio la FPG era «Valiente», que no por casualidad era el significado de su apellido.

Justo cuando el reloj marcó las 19:30, Whizzy, la pequeña bola del mundo que le había dado la FPG, empezó a girar. Jack la observó mientras daba vueltas, cada vez más y más deprisa. Al llegar a su velocidad máxima, Whizzy tosió y una pieza de puzle salió disparada de su boca.

«Esta es de las grandes», pensó Jack, reconociendo enseguida la forma de la pieza. Rápidamente, la recogió del suelo y se acercó al Mapa Mágico, que se encontraba colgado en la pared de su habitación. Encajó la pieza al sur de los Estados Unidos y dio un paso atrás. La palabra MÉXICO apareció en el centro de la pieza y luego se esfumó.

Jack se preguntó qué problema habría en aquel país. Quizá algo iba mal en el Zócalo, la plaza principal de Ciudad de México, la capital. Quizá algún peligro acechara en las playas de Cancún.

Como sabía que no tenía mucho tiempo, Jack volvió corriendo hasta la cama, se puso de rodillas y sacó de debajo de la sábana su Mochila de Agente Secreto de la FPG. Entonces pidió al Reloj-Teléfono el código de ese día.

Cuando el Reloj-Teléfono le dijo que el código era FIESTA, lo marcó en el candado de la mochila y esta se abrió. Rebuscó y vio que dentro estaban el patín volador y el mapa amigo. También había nuevas herramientas, como el dispositivo doble A y el equipo de rápel. Jack había leído acerca de estos artilugios en el boletín electrónico de la FPG y estaba deseando utilizarlos en su próxima misión.

Lo guardó todo, se echó la mochila a la espalda y volvió corriendo junto al Mapa Mágico. Esperó mientras una luz blanca surgía desde el mapa de México y, en el momento justo, gritó:

–¡A México!

La luz invadió la habitación y Jack desapareció dentro del Mapa Mágico.

Capítulo 4
El encargo

Al llegar a México, Jack se encontró en medio de una llanura seca y polvorienta. El terreno era duro y en él crecían arbustos aquí y allá. Como sabía que gran parte del sur de México estaba cubierta por la selva, supuso que estaría en algún lugar entre el centro y el norte del país.

Ante él tenía una hilera de casas bajas de madera. Pensó que quien había llamado a la FPG debía de hallarse en una de ellas, así que se dirigió a la más cercana. Según se

acercaba, pudo ver a través de la ventana que había alguien allí. Le pareció que era un anciano. Estaba sentado en una mecedora, y en cuanto vio a Jack le hizo gestos con la mano para que entrase.

Jack pensó que aquel era su contacto y fue hacia la puerta principal, aunque, por educación, antes de entrar llamó a la puerta.

–¿Habla inglés? –preguntó Jack para saber en qué idioma debía hablarle.

–Sí –dijo una voz desde dentro–. Pasa, pasa.

Jack giró el picaporte, abrió la puerta y se encontró en una casa ordenada y acogedora.

–Vamos, entra –volvió a decir el hombre, animándole a sentarse. Jack se instaló en un sillón de cuero marrón.

El anciano era alto y delgado, tenía el pelo blanco y un espeso bigote. Jack calculó que tendría unos setenta años.

–Me llamo José García –dijo tendiendo la mano a Jack.

Jack le estrechó la mano y se presentó. Cuando se hubieron saludado, el hombre se levantó como si fuera a alguna parte.

–¿Te apetece un café con leche? –preguntó el anciano. Quería que Jack bebiera algo.

–No, gracias –contestó Jack, aunque no quería ser descortés. Conocía a niños que tomaban sorbos del café de sus padres, pero a él no le gustaba demasiado.

–Bueno –dijo el hombre, volviendo a sentarse–, ¿quieres que te cuente por qué he llamado a la FPG?

–Sí, claro –dijo Jack, que estaba deseando saber cuál era su misión. De hecho, se preguntaba qué podía necesitar de la organización un hombre como aquel.

–Me han robado una cosa –dijo el anciano–. Algo que tiene más de quinientos años.

Aquello llamó la atención de Jack. Un objeto tan viejo como ese era considerado una antigüedad. Fuera lo que fuese, merecía que la FPG lo protegiese.

–¿Qué es? –preguntó Jack.

–Un mapa –contestó el señor García–. El mapa perdido del oro de Moctezuma.

Capítulo 5
La primera pista

Jack casi se cayó de la silla. Si lo que decía aquel hombre era verdad, aquella era una misión muy especial. Moctezuma II fue un antiguo gobernante de los aztecas, un pueblo que vivió en el territorio que se extiende desde México hasta Honduras, entre los siglos XIV y XVI.

En 1519, los españoles llegaron a las costas de México y se encaminaron a la ciudad azteca de Tenochtitlán. Luego la conquistaron y Moctezuma fue asesinado.

Había rumores de que, antes de la llegada de los españoles, Moctezuma hizo que sus hombres escondiesen gran parte de sus riquezas. Los españoles saquearon la ciudad y, desde hace mucho tiempo, los cazadores de tesoros han intentado dar con el paradero de aquel oro escondido.

–¿Dónde consiguió el mapa? –le preguntó Jack con suspicacia. En condiciones normales, un mapa legendario como aquel no debería estar en casa de un anciano, en medio de México.

–Mi buen amigo Carlos Ortega es un arqueólogo muy conocido. ¿Has oído hablar de él? –preguntó el señor García levantando las cejas.

Jack no lo conocía, así que negó con la cabeza.

–Fue uno de los arqueólogos que participaron en la excavación de Tenochtitlán –explicó el hombre.

Jack había oído hablar de aquello en una de las clases de arqueología de la señora Butterworth, en la FPG. En la década de los setenta, un empleado de una compañía eléctrica encontró una valiosa piedra azteca. Entonces, un equipo científico empezó a excavar por la misma zona hasta que salió a la luz la antigua ciudad azteca de Tenochtitlán, que estaba enterrada bajo la actual Ciudad de México.

Desde entonces, los arqueólogos siguieron excavando. No hacía mucho que habían encontrado el Templo Mayor, donde los sacerdotes aztecas hacían sus rituales de sacrificios humanos.

–Ortega encontró el mapa del tesoro en un pergamino que estaba escondido en una pared del palacio –explicó el señor García–, y me lo dio para que lo custodiase.

–¿Y por qué a usted? –preguntó Jack.

–Porque soy de fiar –replicó el hombre riendo–. Y porque prefería que el mapa estuviera lo más lejos posible de Ciudad de México.

–¿Por qué? –insistió Jack, que no entendía que el señor Ortega no hubiera guardado el mapa en una caja de seguridad de un banco o lo hubiera entregado a un museo.

–Porque no quería que nadie lo relacionase con el mapa –dijo el hombre–. Sabía que hay gente avariciosa que lo perseguiría

para conseguirlo. Y si se lo enseñaba a alguno de sus colegas arqueólogos, le dirían que lo llevase a un museo.

–¿Qué tiene eso de malo? –preguntó Jack. En su opinión, los museos eran el sitio más adecuado para ese tipo de objetos.

–¡Pues que entonces el mapa estaría expuesto! Eso sería como decir a todos los cazatesoros del mundo: «¡Venid a ver el mapa del tesoro de Moctezuma!».

Jack no estaba de acuerdo con las razones de Carlos Ortega, pero la cuestión era que alguien le había echado el guante al mapa. Dedujo enseguida que necesitaba más información para averiguar quién había sido.

–¿Vive alguien más en esta casa? –quiso saber Jack.

–No, vivo solo –repuso el señor García–. Mi mujer falleció hace muchos años.

–¿Viene alguien a limpiar la casa? –preguntó Jack.

–María viene cada dos semanas –contestó él.

Jack pensó que quizá esa tal María tenía algo que ver con el robo.

–¿Dónde vive? –inquirió Jack.

–A un par de pueblos de aquí –dijo el hombre–. Pero María es una buena chica. Ella no puede tener nada que ver con esto.

–¿Y dónde tenía guardado el mapa? –preguntó Jack, que seguía pensando en María como en una sospechosa, aunque el señor García la hubiera descartado.

–En la cocina, dentro de un tarro de galletas –contestó el hombre.

Jack no pudo evitar hacer una mueca. ¡No podía creer que algo tan valioso se guardara en un tarro de galletas!

Al ver la reacción de Jack, el hombre se defendió:

–¡Me pareció el lugar más seguro! Después de todo –añadió–, ¿a quién se le ocurriría

guardar algo tan importante en un tarro de galletas?

«Exactamente...», pensó Jack, aunque solo dijo:

–¿Cuándo se dio cuenta de que el mapa ya no estaba ahí?

–Esta mañana –contestó el señor García–, cuando me he levantado para prepararme un café con leche. Todos los días compruebo que el mapa sigue en su sitio, pero hoy me he dado cuenta de que el tarro no estaba.

–Ha hecho bien en avisar a la FPG –dijo Jack–. ¿Le importa que eche una ojeada?

Jack quería ver si encontraba alguna pista en la cocina.

–Por supuesto que no –dijo el anciano.

Jack dejó solo al señor García y entró en la cocina. Tal y como le había dicho, no había ningún tarro de galletas. Sin embargo, tampoco había señales de que hubieran entrado por la fuerza: ni las ventanas estaban rotas ni los muebles estaban descolocados.

Jack volvió a la otra habitación mientras se preguntaba si aquel anciano estaba loco. Quizá se lo había inventado todo.

–¿Recuerda cómo es el mapa? –preguntó Jack.

–Sí –dijo el hombre–. Lo recuerdo perfectamente.

Aquello no le inspiraba mucha confianza a Jack, pero llegó a la conclusión de que no tenía más alternativa que tratar de sacarle toda la información posible.

–¿Podría hacerme un dibujo de lo que recuerde? –preguntó Jack.

El hombre cogió una hoja de papel y un bolígrafo. Mientras iba dibujando, le dijo a Jack:

–Estaba hecho en una lámina de corteza de higuera. Era muy frágil.

Jack sabía que los antiguos aztecas usaban la corteza de las higueras como papel. Que aquel hombre dijera aquello le hizo recapacitar: quizá no estuviera tan loco.

–Aquí tienes –dijo el hombre tendiéndole la hoja.

Jack se quedó estupefacto al ver lo que había dibujado: allí, ante sus ojos, tenía un esbozo de lo que parecía el mapa de un tesoro.

Al pie de la hoja había una imagen de un caballo con la cola muy larga. Justo encima se veía la imagen de una construcción en la cima de una colina. Y arriba del todo, la imagen de una estructura triangular con una media luna en lo alto.

Jack sabía que los aztecas usaban dibujos en vez de palabras para relatar historias y para contar. «A lo mejor también decidieron utilizar dibujos para explicar dónde estaba enterrado el tesoro», pensó.

Jack sabía otras cosas sobre los dibujos de los aztecas. Ponían una imagen por encima de otra para indicar que se hallaba más lejos. Eso quería decir que la imagen de abajo, la del caballo, podía ser el punto de partida. Y que las otras se referían a cosas que estaban geográficamente más alejadas.

Pero ¿por qué había varias imágenes en vez de una sola? Hubiera sido más fácil ofrecer una única pista de dónde se localizaba el tesoro. «Puede ser que haya una buena razón para esto», razonó Jack. Quizá había que ver o conseguir alguna cosa en cada uno de los lugares a los que se referían las imágenes.

A Jack le vino a la mente algo más: quienquiera que tuviera el mapa estaría pensando lo mismo que él en aquel momento. Y si habían robado el mapa esa misma mañana, le llevaban unas cuantas horas de ventaja.

Volvió a mirar la primera imagen. Le resultaba curioso que el señor García hubiera dibujado la cola del caballo tan larga.

–¿La cola del caballo era así de larga? –preguntó Jack.

El hombre asintió con la cabeza.

–¿Y había alguna otra cosa que le llamara la atención? –preguntó Jack–. ¿El pelo de la cola era muy grueso o de algún color especial?

–Ahora que lo dices, sí –dijo el hombre–. La cola del caballo era de color azul. Me extrañó la primera vez que lo vi, porque los caballos normalmente son negros o marrones.

–Exactamente –dijo Jack, que acababa de tener una idea. El azul era el color usado para representar el agua.

–¿Hay alguna catarata en México donde el agua caiga así? –preguntó Jack señalando la curva de la cola del caballo.

–Sí, al este de aquí, en Monterrey. Ahora que lo dices, el agua cae haciendo una curva muy parecida.

–Perfecto –dijo Jack, satisfecho con la nueva pista–. Voy a encontrar ese mapa y me voy a asegurar de que vuelve a sus manos.

–¡Suerte y buen viaje! –contestó el señor García.

–¡Adiós! –se despidió Jack mientras salía a toda prisa.

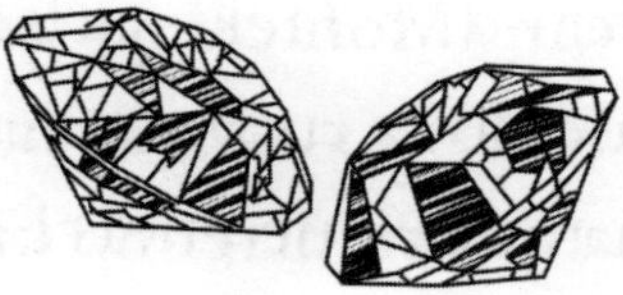

Capítulo 6
La ruta

En cuanto dejó atrás la casa del anciano, Jack sacó de la mochila el mapa amigo, un dispositivo portátil de la FPG que indicaba cómo llegar de un lugar a otro en cualquier parte del mundo.

Lo que hacía tan especial al mapa amigo era que no requería que hubiera carreteras para guiarte. Te daba indicaciones de la dirección que debías seguir a través de cualquier tipo de terreno, incluidos desiertos, selvas o zonas heladas. El dispositivo siempre

sabía dónde estabas y hacia dónde ibas. Todo lo que tenía que hacer el agente era seguir la dirección de las flechas.

Tras teclear «Monterrey» en el dispositivo, este calculó la ruta que Jack tenía que seguir: había que recorrer 80 kilómetros en dirección este. Jack miró alrededor, pero no vio ninguna posibilidad de encontrar transporte público por allí, y había demasiada distancia para ir andando: ¡tenía que llegar rápido!

Sacó el patín volador de la mochila y lo dejó en el suelo. Se parecía a un monopatín, pero avanzaba gracias a unos propulsores de hidrógeno. Podía alcanzar los 40 kilómetros por hora y flotaba a un metro del suelo.

Jack tecleó unas instrucciones en el Reloj-Teléfono para poner en marcha el patín volador. En cuanto se puso las gafas en la cara y el casco en la cabeza, se subió a la tabla.

En cuestión de segundos, Jack viajaba hacia el este, hacia Monterrey y, probablemente, camino de la primera pista que daba el mapa.

Capítulo 7
El bosque

Al llegar a aquella zona, Jack vio que esa parte de México era más verde que la región donde vivía el señor García. También era más escarpada y tenía montañas y desfiladeros.

La flecha de la pantalla del mapa amigo estaba parpadeando, lo que significaba que Jack se encontraba cerca de su destino. Tendría que hallar el camino a través de un bosquecillo que se abría ante él.

Cuando llegó a la linde del bosque, bajó del patín volador y guardó sus gafas y casco

en la mochila. Agachándose para pasar bajo el follaje, llegó a un camino lleno de barro. Allí vio un viejo cartel de madera medio oculto tras unos arbustos. El cartel estaba ya muy deteriorado, pero Jack consiguió leer unas palabras: «Cola de Caballo». Aunque estaba escrito en español, Jack lo entendió. Aquel era el camino que estaba buscando.

Siguió el sendero unos treinta metros hasta que llegó a un claro. Allí, en medio de una pradera, había un gran estanque. Estaba rodeado por un círculo de rocas que no era artificial sino natural. Cuando el agua del estanque subía mucho, se desbordaba por encima de las rocas y corría por la ladera de la colina. Al hacerlo formaba una pequeña cascada que caía en otro estanque.

Pero esa no era la cascada que Jack buscaba, sino la que desembocaba en aquella desde mucha más altura y era bellísima.

Cuando Jack levantó la cabeza para mirarla, el agua pulverizada le salpicó el rostro. Brotaba de una estrecha abertura que había en la parte más alta de la pared rocosa. Al caer sobre las rocas, el agua se abría en abanico y formaba una cola de caballo como la del mapa.

Convencido de que la imagen del caballo tenía que ser la representación de esa

cascada, Jack pensó qué hacer a continuación. Se preguntó si los aztecas habrían enterrado algo importante allí cerca o si la cascada era solo una primera pista. Pensando que cualquier opción era posible, Jack miró alrededor. Buscó por la orilla, pero no encontró nada: no había inscripciones en las rocas ni pistas en los árboles y arbustos.

Como sabía que tenía que cruzar a la otra orilla, barajó diversas posibilidades. Podía tratar de cruzar caminando sobre las rocas del borde del estanque, pero si resbalaba podría caer a la catarata. O podía cruzar a nado el estanque. La ropa se le secaría sin problemas y la mochila y las botas eran impermeables. Jack trepó a una roca y se metió poco a poco en el agua helada. Estaba acostumbrado a nadar en agua fría. A lo que no estaba acostumbrado era a sentir una cosa gelatinosa subiendo por el interior de la pernera del pantalón.

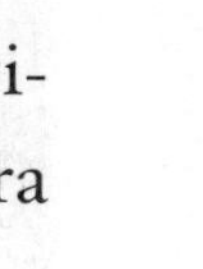

Esperando que fuese solo un pececillo y no algo más peligroso, Jack siguió nadando hasta llegar a la otra orilla. Trepó por las rocas y, ya en tierra, escurrió el agua de los pantalones y miró alrededor.

Entonces vio algo interesante. Detrás de la cascada divisó lo que parecía una cueva. Desde el otro lado no podía ser vista, pero allí Jack la distinguía claramente. Se sacó el agua de los oídos y se encaminó hacia ella.

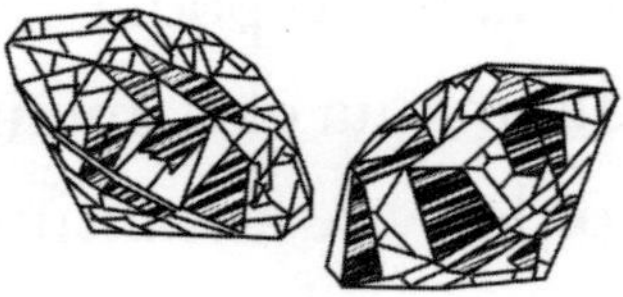

Capítulo 8
La cueva

Justo cuando estaba llegando a la cueva, a Jack le pareció oír ruidos. Se echó hacia atrás rápidamente y pegó la espalda a la pared exterior. Con mucho cuidado, asomó la cabeza para ver qué pasaba dentro.

En el interior había cinco hombres. Cuatro de ellos estaban guardando unas piquetas y otras herramientas en una bolsa mientras el quinto les daba órdenes.

–¡Vamos, daos prisa! –gritó el jefe–. Tenemos que ir más rápido si queremos encontrar ese oro.

Los otros gruñeron y rieron. Jack vio que a algunos les faltaban dientes.

«Así que estos son los hombres», pensó Jack. Ellos eran los que habían robado el mapa de la casa del señor García. Lo único que aún no conseguía entender era cómo lo habían hecho. Jack se preguntó si ya habrían encontrado algo en la cueva; algo relacionado con el tesoro de Moctezuma.

–¡Y coged también agua! –gritó el jefe, que seguía dando órdenes–. Tenemos un día muy largo por delante. Hay que ir hacia el sur.

Uno de los hombres cogió unas botellas de agua que estaban en un rincón de la cueva.

Así que aquellos misteriosos hombres se dirigían al sur... ¿Pero adónde? Jack no había podido estudiar detenidamente la segunda pista de la copia del mapa que había dibujado el señor García.

Siguió con la mirada al que parecía ser el jefe. Hasta ahora había estado de espaldas a Jack, por lo que no le había visto la cara.

El hombre fue hasta el fondo de la cueva, donde había un agujero en la pared que parecía hecho recientemente. Luego sacó un cuchillo de la funda que llevaba a la cintura y con su punta extrajo de la pared una piedrecita roja. Parecía un rubí. Cayó justo en

la palma de su mano, él la guardó en una bolsa que llevaba colgada de la trabilla del pantalón y volvió con sus hombres.

Entonces Jack pudo observarlo bien: llevaba unas botas rojas de cuero y ropa muy sucia. Le faltaba la ceja derecha.

Jack volvió a pegar la espalda a la pared e intentó no moverse. No podía creer lo que le estaba pasando, así que abrió mucho los

ojos, tratando de despertar de aquella pesadilla.

Pero no estaba soñando. Aquel hombre al que había visto en la cueva no era otro que Carl el Cruel. Y los demás, su banda de ladrones.

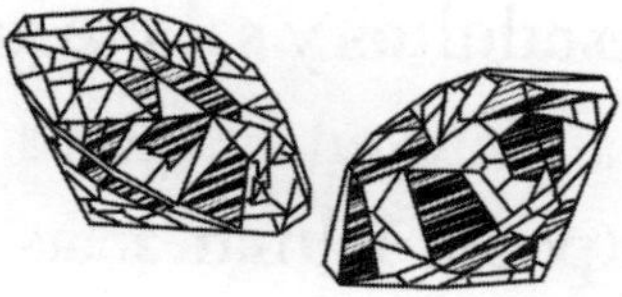

Capítulo 9
El dilema

Ahora sabía a quién se estaba enfrentando: ¡a uno de los cazadores de tesoros más peligrosos de la historia! Tenía que descubrir la manera de detener a aquellos tipos y llevarlos ante la justicia.

Podía entrar en la cueva e intentar apresarlos, pero no llevaba en la mochila ningún dispositivo que sirviera para vencer a cinco hombres a la vez. El espray adormecedor solo valía contra dos personas, y el tornado apenas tenía cuerda suficiente para atar a tres malhechores. Además, por muy fuerte y va-

liente que fuese, Jack solo era un niño. No había ninguna posibilidad de que luchase contra cinco adultos y saliese ganando. Era imposible.

También podía llamar a las autoridades locales, pero la cueva estaba en un lugar remoto y la policía tardaría bastante en llegar hasta allí. Además, Carl y sus secuaces estaban a punto de marcharse a otro sitio y probablemente la policía llegaría demasiado tarde. Para complicar aún más las cosas, Jack tampoco sabía hacia dónde iban los bandidos. Saber que se dirigían hacia el sur no era suficiente...

Jack llegó a la conclusión de que lo mejor sería seguir a la banda, espiarlos y obtener más información. Se escabulló hasta un arbusto cercano y se escondió tras él. «Para atrapar a estos tipos hay que tener paciencia», pensó Jack. Paciencia y también mucha suerte...

Capítulo 10
Salvado por los pelos

En ese preciso instante, Jack notó que había movimiento. Carl el Cruel y su banda estaban saliendo de la cueva. Empezaron a caminar en fila, con Carl cerrándola.

–¡Eh, vosotros! ¡Más rápido! –gritó a sus hombres.

«Desde luego, Carl el Cruel se merece el apodo. No es lo que se dice un tipo simpático y amistoso», pensó Jack.

Cuando pasaron junto a él, Jack se fijó en lo que transportaban: el primero llevaba la

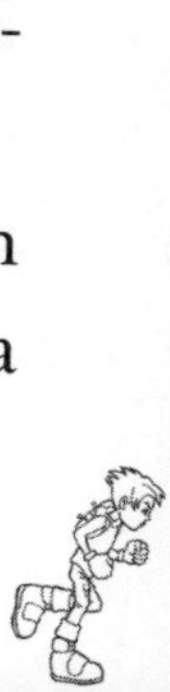

bolsa con las herramientas; el segundo, las botellas de agua, y el tercero y el cuarto llevaban unas mochilas a la espalda. Carl tan solo llevaba aquella bolsita colgada de la trabilla del pantalón.

Jack llegó a la conclusión de que la piedra roja dentro de la bolsita debía de ser importante para encontrar el tesoro. Si no, Carl no se hubiese molestado en cogerla de la cueva. Si Jack conseguía quitarle la piedra a Carl, quizá podría impedir que se saliese con la suya.

Cuando ya casi estaban al borde del estanque, de repente, uno de los hombres se volvió y caminó hacia Jack. Este trató de esconderse tras el arbusto.

El hombre estiró el brazo y agarró el extremo de una cuerda que estaba junto al arbusto. Dio un tirón y, como de la nada, surgió una balsa hinchable que pasó a ras de suelo, rozando la cabeza de Jack. Aunque pareciera increíble, el hombre no lo había visto, ya que se fue tranquilamente, arrastrando la balsa hasta la orilla del estanque. Una vez allí, la puso en el agua y, uno a uno, subieron a ella. Usando como remos unos gruesos palos, se alejaron hacia la otra orilla, donde volvieron a sacar la balsa del agua. Entonces Carl el Cruel sacó el cuchillo e hizo una raja a la balsa en un lateral.

–¡Así nadie más podrá llegar al otro lado! –gruñó.

Los hombres abandonaron los restos del bote, salieron del claro del bosque y desaparecieron entre los árboles.

Ahora era el turno de Jack, así que salió de detrás del arbusto y cruzó el estanque nadando a toda velocidad. Se escurrió el agua de la ropa como pudo, y dejó atrás la cascada y el estanque para tomar el camino que habían seguido los delincuentes.

Capítulo 11
La camioneta

Jack se mantuvo a distancia de la banda e intentó oír lo que decían.

–¿Qué crees que vamos a encontrar en el próximo sitio? –dijo uno de ellos.

–¡Y yo qué sé! –dijo otro–. ¡Solo pienso en el oro!

–¡Callaos! –ordenó Carl el Cruel–. Ya os he dicho que tenéis que tener la boca cerrada. No quiero que nadie se entrometa en este asunto.

Los hombres asintieron con gruñidos.

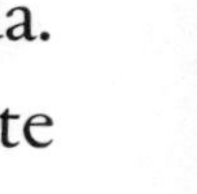

Aquella conversación dio a Jack una idea. Casi se había olvidado de la segunda pista... Si conseguía de alguna manera llegar al próximo lugar antes que Carl y su banda, podría llamar a la policía y capturar a los ladrones antes de que pudieran continuar con su plan.

Mientras andaba, Jack sacó el mapa sin hacer ruido. La segunda pista era un edificio situado en la cima de una montaña. En cuanto se detuviese, sacaría de la mochila el dispositivo doble A para localizar el lugar.

Carl el Cruel y su banda salieron del camino para tomar la carretera. Jack los seguía de cerca y se escondió tras un árbol. Unos metros más allá, vio una camioneta con un pequeño remolque que llevaba una lona por encima. Seguramente Carl querría aquella lona para ocultar el tesoro y llevárselo a su guarida. Sin embargo, Jack pensó en otro uso para aquella lona.

Mientras los hombres se subían en la camioneta, Jack salió del bosque y corrió hacia el remolque.

Levantó la lona y se tapó con ella. En pocos segundos, la camioneta arrancó y el remolque se movió. Carl y sus hombres no le habían visto subir y ahora iban camino de la segunda pista del tesoro, con Jack como polizón.

Capítulo 12
La siguiente parada

Aunque esconderse allí era muy arriesgado, Jack no tenía elección. Como el torpedo estaba en el taller, Jack no tenía ningún aparato que pudiera transportarlo a más de 40 kilómetros por hora. Además, podría bajarse de aquel remolque sin que lo vieran cuando la camioneta fuese más despacio. Así podría avisar a la policía mientras Carl y sus hombres llegaban al siguiente lugar.

Entretanto, Jack tenía que averiguar hacia dónde iban. Sacó el dibujo que había hecho el señor García y observó con atención aquella imagen de un edificio en la cima de una montaña. Como los aztecas adoraban a muchos dioses, se preguntó si podría tratarse de algún tipo de templo.

Como Jack no quería que la lona que lo cubría se moviese mucho, se giró con cuidado para sacar de la mochila el dispositivo doble A. La doble A del nombre se refería

a las iniciales de «ayudante del arqueólogo» y era un aparato indispensable para investigaciones que tenían que ver con la antigüedad.

Solo había que teclear una palabra o frase clave y el dispositivo doble A te daba información sobre lo que estabas buscando. Los agentes de la FPG lo habían utilizado en misiones en la antigua Grecia y ahora Jack lo iba a usar allí, en México, para saber hacia dónde se encaminaban.

Tras teclear «templo», «montaña» y «sur de México», en la pantalla del aparato apareció una explicación. Había un templo situado en la cima de una montaña que se llamaba Tepozteco. La montaña estaba al sur de Ciudad de México.

Jack cerró los ojos para dormir un poco. Después de todo, tardarían horas en llegar al templo y tenía que reservar fuerzas para enfrentarse a los peligros que le esperaban.

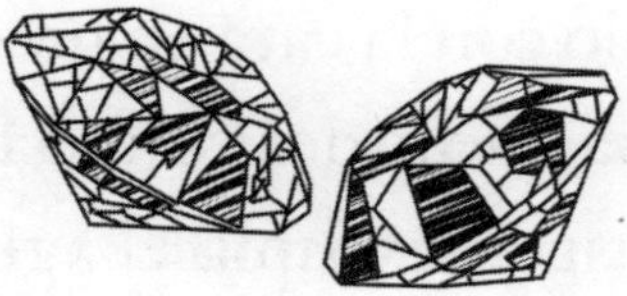

Capítulo 13
Pánico

¡ZAS! ¡CRAC!

Jack se despertó de repente, pues su cuerpo daba bandazos de un lado a otro. El remolque había reducido la velocidad y avanzaba ahora despacio, dando grandes tumbos. Levantó la lona con cautela y asomó la cabeza. La camioneta iba por una carretera que cruzaba otro bosque, pero no estaba asfaltada, era de tierra y estaba llena de barro, baches y piedras.

«Debemos de estar llegando al templo», pensó Jack. «Es hora de esfumarse de aquí».

Se acercó rodando al borde del remolque y se dejó caer. Primero tocó el parachoques y de ahí cayó al suelo.

Al caer dio con la cara en un charco lleno de barro. Se levantó y corrió hacia los arbustos mientras escupía el agua sucia que se le había metido en la boca. La camioneta siguió avanzando y paró un poco más adelante.

Jack observó a los bandidos bajarse de la camioneta, acercarse al remolque y levantar la lona. Por un momento se asustó al verlos allí parados, creyendo que se habían dado cuenta de que alguien había estado allí. Pero entonces los hombres siguieron con su labor y sacaron del remolque algunos útiles y bolsas.

–¡Acelerad! –se oyó la voz de Carl mientras salía del camión con sus botas rojas–. Esta es la segunda parada que indicaba el mapa. Si veis a alguien curioseando por ahí –dijo, escupiendo al tiempo–, lo matáis. Y luego preguntáis.

Jack tragó saliva. Carl el Cruel iba en serio. No le cabía ninguna duda de que Carl ya se había deshecho antes de otras personas, así que, ahora más que nunca, debía ser cauto y despierto.

Los hombres se adentraron en el bosque y tomaron un camino que iba hacia la

izquierda. Jack los siguió de cerca. Cuando el camino se hizo más empinado, los hombres cogieron palos para usarlos como bastones. Jack, que era más pequeño y pesaba menos, se las arregló para trepar por la colina apoyándose con las manos en el suelo.

Llevaban casi una hora ascendiendo cuando, por fin, llegaron a un claro entre los árboles. Jack se fijó en que los hombres se dirigían a una cresta de la montaña y también se encaminó hacia allí. Le llevó un poco de tiempo, pero cuando la alcanzó se asomó sobre ella para otear. Allí, en lo alto de las montañas, había un hermoso templo. Como la subida era difícil y el templo parecía abandonado, Jack dedujo que nadie había estado en aquel lugar desde hacía muchos años. Entonces vio que el último hombre de la fila se apresuraba a entrar en el templo.

Cuando le pareció que todo estaba despejado, atravesó la cresta y bajó a terreno más

llano. Allí encontró una enorme roca y se ocultó tras ella.

«Es el momento perfecto», pensó Jack. Se encontraban en un lugar remoto y la banda estaba ocupada dentro del templo. Lo único que tenía que hacer era avisar a la policía, que se encargaría de rodear el edificio y atrapar a los bandidos.

Satisfecho con el plan, Jack apretó unos cuantos botones de su Reloj-Teléfono y se dispuso a hablar:

–Hola –dijo una voz al otro lado del hilo telefónico. Había llamado a la comisaría local.

–Hola –dijo Jack–. ¿Hablas inglés?

–Sí –dijo la voz–. ¿De qué emergencia se trata?

–Hay cinco hombres –contestó Jack– que están tratando de robar...

Pero antes de que Jack pudiera acabar la frase, apareció ante él una enorme sombra. Como salido de la nada, un cuchillo rasgó el aire y cortó la correa del Reloj-Teléfono, que salió disparado de su muñeca. El dispositivo acabó entre los árboles y, al separarse de la muñeca de Jack, se apagó automáticamente.

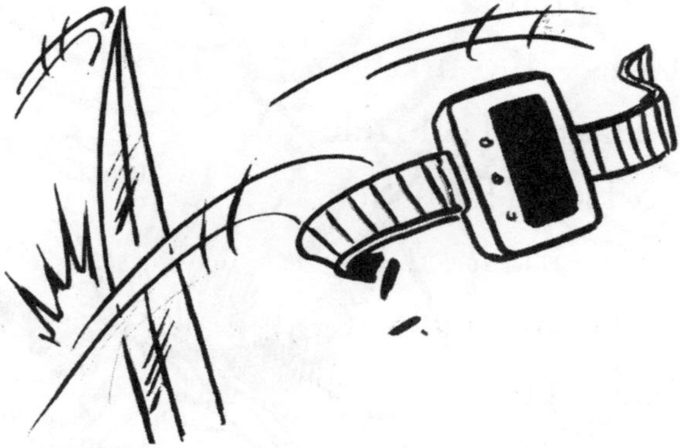

Al mirar hacia abajo, Jack se encontró con unas botas rojas. Respiró hondo. Ya sabía de quién se trataba. Era Carl el Cruel.

–¿Qué crees que estás haciendo? –rugió el ladrón, amenazador.

Jack se levantó y trató de echar a correr, pero Carl el Cruel lo agarró por la mochila y lo tiró al suelo.

–No irás a ninguna parte –le dijo con desprecio–. Antes vas a pagar por haberme seguido hasta aquí.

Jack estaba tirado en el suelo, boca arriba, y Carl le había puesto el cuchillo ante los ojos.

–¡Te voy a trocear enterito!

A Jack se le aceleró el corazón; le costaba respirar. Se estaba mareando por la falta de aire...

–¡Jefe! –gritó una voz desde lejos.

Carl apartó la vista de Jack un momento.

–¿Qué? –dijo el ladrón–. ¿Qué quieres tú ahora?

–¡Lo hemos encontrado! –dijo el hombre.

Carl el Cruel miró a Jack.

–Aún no he terminado contigo –dijo, y acto seguido ordenó al hombre que le había llamado desde el templo–: ¡Ven aquí y échame una mano con este chaval!

El hombre se acercó corriendo.

–¡Átalo! –gruñó Carl. Luego se agachó, se acercó mucho a la cara de Jack y, con una mirada siniestra, susurró–: Ya volveré a por ti cuando haya acabado.

El bandido cumplió las órdenes de Carl. Con una cuerda que llevaba a la espalda, le ató las manos junto con los pies. Jack ni siquiera se atrevía a resistirse: si lo hacía, Carl lo mataría allí mismo.

–Así está bien –masculló el hombre al tiempo que volvía con Carl hacia el templo.

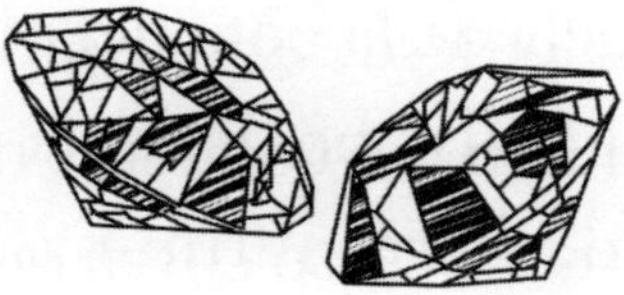

Capítulo 14
El descenso

Jack no estaba seguro de qué era lo que habían encontrado los bandidos, pero, tal y como estaban las cosas, tampoco le importaba demasiado. Lo principal era escapar rápidamente de allí.

Miró la cuerda que le ataba los pies y las manos: no había forma de desatar aquel nudo. Se echó hacia delante y consiguió quedarse sentado; entonces estiró los dedos para tratar de llegar hasta las botas.

El señor Davidson, el genio de la tecnología de la FPG, había metido cosas en el

calzado de todos los agentes secretos. Jack llevaba la cúpula, una bolsa extensible escondida en la suela de la bota del pie izquierdo. En la punta de las botas tenía instalado el dispositivo de alerta antiminas. Dentro del tacón derecho llevaba las pastillas de cortina de humo y en el lateral de la bota izquierda ocultaba una navaja en miniatura.

Eso era lo que Jack trataba de alcanzar. Metió las manos dentro de la bota y abrió una pequeña funda de plástico. Allí estaba la navaja. La sacó e inmediatamente comenzó a cortar las ataduras.

Jack miró frenético las puertas del templo: lo último que necesitaba era que Carl el Cruel y sus hombres saliesen justo en ese instante. Siguió cortando la cuerda que inmovilizaba sus manos y pies, hasta que consiguió liberarse por completo.

Guardó de nuevo la navaja en el interior de la bota y echó a correr hacia el camino. Pero al llegar allí, se detuvo. No iba a poder descender por aquel sendero. Era una pendiente muy pronunciada y calculó que le llevaría unos tres cuartos de hora llegar abajo. La única forma de bajar esa montaña era haciendo rápel. El rápel era peligroso y la FPG recomendaba recurrir a él solo en casos de emergencia. Como Carl había amenazado con matarle y, además, sus hombres estaban tratando de robar un tesoro, Jack pensó que se trataba de un caso justificado.

Sacó el equipo de rápel de la mochila, ató bien la cuerda, se aseguró el arnés alrededor

de la cintura y se puso el casco en la cabeza. La blanda lámina de goma se transformó inmediatamente en un casco protector.

Jack corrió hacia la pared rocosa y se puso de espaldas al vacío, con los pies en el borde. Estaba a punto de empezar a avanzar hacia atrás cuando oyó un ruido que venía del templo. Carl el Cruel y sus hombres se habían dado cuenta de que Jack no estaba donde lo habían dejado.

–¡El niño! –rugió Carl–. ¡Se nos ha escapado!

Rápidamente, Jack comenzó a bajar por la pared, pero no fue lo suficientemente veloz. Uno de los hombres vio su cabeza, que aún asomaba por el borde del precipicio.

–¡Ahí está! –gritó. Los hombres empezaron a correr hacia Jack.

Moviéndose tan rápido como pudo, Jack se deslizó cuerda abajo, manteniendo los pies en la pared. Mientras bajaba, miraba

hacia arriba. Carl el Cruel y sus secuaces ya habían llegado y se asomaban al precipicio, observando cada movimiento de Jack.

–¡Cogedlo! –gritó Carl.

¡FIIIIU! ¡BANG!

Jack se encogió: una bala había impactado en una piedra y había rebotado hacia los árboles. Solo tenía que aguantar un poco más y estaría a salvo. De nuevo se oyó retumbar aquella voz que provenía de arriba.

–¡Cortad la cuerda! –ordenó Carl.

Jack se imaginó que alguno de los hombres tendría un cuchillo. No le quedaba mucho tiempo. A toda velocidad, se impulsó hacia la derecha.

¡ZAS!

Antes de darse cuenta, estaba cayendo al vacío. Uno de los secuaces de Carl había logrado cortar la cuerda. Jack cayó sobre las copas de los árboles y su cuerpo fue atravesándolas hasta llegar al suelo, con un gran golpe.

Jack miró hacia arriba, por entre las ramas. Carl y sus hombres seguían asomados al precipicio, intentando asegurarse de que se habían deshecho de Jack. Él se quedó completamente quieto para tratar de engañarlos.

A Jack le dio la impresión de que el truco había funcionado. La banda dejó de prestarle atención y todos se pusieron en pie y rodearon a Carl. Este sacó algo de la bolsita que llevaba a la cintura y, cuando lo levantó para enseñárselo a los otros, Jack vio un destello azul. Todos lanzaron gritos de alegría y Carl volvió a guardarlo. Jack estaba casi seguro de que era una piedra como la que había visto en la cueva, solo que de otro color. Los hombres volvieron a celebrarlo a voces y luego se alejaron del precipicio.

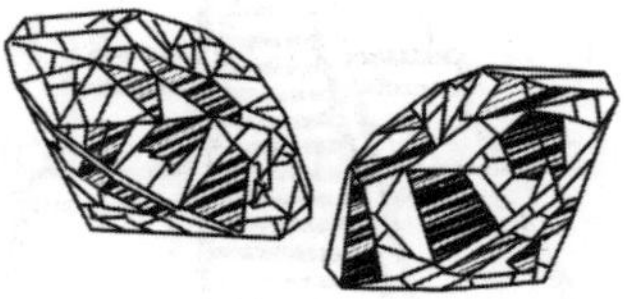

Capítulo 15
La ciudad antigua

Jack levantó su dolorido cuerpo del suelo y fue a esconderse más lejos, entre la vegetación, para que no pudiesen verlo. Guardó los accesorios del equipo de rápel, aunque se dejó puesto el casco por si acaso.

No había forma de avisar a las autoridades ahora que ya no tenía el Reloj-Teléfono, así que iba a tener que ocuparse del asunto por sí mismo. Sacó la copia del mapa y estudió la imagen que ofrecía la tercera pista. Se trataba de un edificio triangular con una

media luna justo encima. Estaba claro que el edificio era una pirámide, pero Jack no conseguía deducir qué significaba la luna.

Cogió el dispositivo doble A y escribió las palabras «pirámide» y «luna». Salieron cientos de referencias, pero una en particular le llamó la atención:

«La Pirámide de la Luna se encuentra en la antigua ciudad de Teotihuacán. Los arqueólogos acaban de descubrir en su interior un conjunto de túneles cuya función aún se desconoce. Distancia aproximada desde el lugar de origen: 150 kilómetros en dirección noroeste».

Tras leer la descripción, Jack tuvo la corazonada de que se trataba del lugar indicado. El hecho de que hubiera un conjunto de túneles subterráneos le hacía pensar que podría haber un tesoro allí enterrado.

Si Jack estaba en lo cierto, Carl y sus hombres ya habían cogido lo que necesitaban de aquel templo. En cuanto bajaran de la colina, se encaminarían hacia la pirámide.

Jack sacó el patín volador y lo tuvo listo en un momento. Pasó el dedo índice por la pantalla de identificación y, tan pronto como los motores propulsores de hidrógeno se pusieron a funcionar, partió en dirección noroeste. No podía dejar de pensar en cómo iba a arreglárselas para vencer a Carl el Cruel. Sin embargo, al menos ahora contaba con el elemento sorpresa.

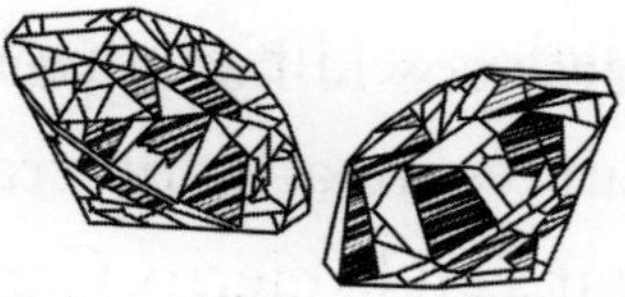

Capítulo 16
Un giro en los acontecimientos

Jack llevaba varias horas de viaje cuando llegó por fin a Teotihuacán, la antigua ciudad que había florecido casi mil años atrás. El terreno era más seco que en el sur, y en él crecían arbustos poco frondosos. El lugar parecía estar completamente vacío, pero Jack sabía que había ladrones rondando por ahí.

Ante él había unos edificios. Según el dispositivo doble A, uno de ellos era conocido como Pirámide del Sol. El otro era el Templo

de la Serpiente Emplumada. Y al final de un camino de más de cinco kilómetros se hallaba la Pirámide de la Luna. Jack, a bordo del patín volador, se dirigió hacia ese último templo.

Al llegar, guardó el aparato y se puso a buscar pistas. A la derecha del edificio vio la parte trasera de un vehículo. Jack lo reconoció inmediatamente: era la camioneta de Carl el Cruel, aunque no había nadie dentro. Probablemente los bandidos ya estuviesen dentro del templo.

«Perfecto», pensó Jack. En las cuatro horas que había tardado en llegar hasta allí, había ideado un nuevo plan, había encontrado una polvorienta cabina telefónica y había hecho una llamada importante. Ahora, lo único que tenía que hacer era conseguir que los ladrones salieran de los túneles subterráneos del templo, y entonces podría poner en marcha su plan para atraparlos.

Capítulo 17
El descubrimiento

Jack encontró enseguida la entrada a los túneles. Junto a la camioneta de Carl el Cruel había una señal que advertía PROHIBIDO EL PASO, y al lado, en el suelo, una trampilla de madera con un asa. Al tirar del asa, Jack descubrió un agujero en el suelo.

Unas escaleras descendían hacia el fondo. Manteniendo la trampilla abierta tanto tiempo como pudo, Jack empezó a bajar. Cuando ya no alcanzó a sujetar la trampilla con la mano, dejó que se cerrase y quedó a oscuras.

Jack no podía usar allí su linterna y había perdido el Reloj-Teléfono en el bosque, así que usó sus manos para intentar guiarse. Contó los escalones al bajar: eran veinte. Al terminar, volvió a encontrarse en terreno llano. «Esto debe de ser el principio de los túneles», pensó. Siguió avanzando mientras se esforzaba por grabar en su memoria los giros que iba haciendo a izquierda y a derecha. Finalmente, a lo lejos, delante de él, vio

una débil luz. Imaginó que serían los ladrones y fue hacia allá.

La luz se fue haciendo más intensa y entonces Jack consiguió ver lo que tenía delante. Aún se encontraba en un largo túnel, pero este daba a una sala grande. Esa sala llevaba a otra, luego a otra más, y así continuaba hasta el último habitáculo del subterráneo.

Fue en aquella última sala donde Jack encontró a Carl el Cruel y a su banda de ladrones. Estaban observando una pintura que había en la pared del fondo. La única luz con que contaban era la de una linterna que estaba apoyada en el suelo. Jack se mantuvo oculto junto a la entrada para que no descubrieran que se encontraba allí.

La pintura mostraba a un hombre vestido con un atuendo de plumas. Jack reconoció la imagen inmediatamente y tuvo un escalofrío: era Quetzalcóatl, la Serpiente Emplumada, uno de los dioses más temidos por los aztecas.

Pero había algo raro en aquella imagen. Quien la pintó había dejado unos pequeños agujeros en el lugar de los ojos del dios. Al ver aquello, Jack se acordó de las piedras que Carl el Cruel había cogido de la cueva y el templo de la montaña. Parecían tener la misma forma y tamaño que los huecos de los ojos del dios.

«Quizá las dos primeras pistas del mapa servían para poder encontrar las dos piedras preciosas, y la tercera, para saber dónde usarlas», razonó Jack. «Si se colocan las piedras en los huecos de los ojos de la Serpiente Emplumada, se revelará dónde está enterrado el tesoro de Moctezuma», pensó a continuación.

Carl debía de estar pensando lo mismo, porque en ese instante cogió la bolsita que llevaba colgada a la cintura, la abrió y sacó la piedra azul. Alargó la mano y encajó la

piedra en uno de los ojos del dios. Justo entonces, el muro se movió un poco hacia adelante y dejó entrever una cámara secreta. Desde donde estaba, Jack divisó algo dorado que brillaba allá dentro.

–¡El tesoro ya es nuestro! –gritó Carl.

–¡Hurra! –gritaron todos los hombres, que se frotaban las manos con cara de avaricia.

El jefe de los ladrones volvió a coger la bolsita. Estaba a punto de colocar la piedra roja en el hueco del otro ojo. Pero entonces Jack decidió actuar.

Se lanzó hacia la linterna que estaba en el suelo y le dio una patada para romperla. Todo quedó completamente a oscuras.

–¿Qué está pasando aquí? –gritó Carl el Cruel–. ¿Qué ha pasado con la luz?

Jack, que recordaba el lugar exacto donde se encontraba Carl, se acercó y le arrebató la bolsa de las manos. Luego echó a correr hacia el túnel.

–¡Alguien me ha quitado la bolsa con la piedra! –gritó Carl–. ¡A por él! –ordenó a sus hombres.

Jack oía a estos tratando de avanzar a ciegas por el túnel. Para asegurarse de no chocar con nada, iba palpando la pared con la mano al tiempo que corría.

–¡Cogedlo! –volvió a gritar Carl–. ¡Encended otra luz!

Jack siguió corriendo hacia la salida. Tenía que lograr que los ladrones saliesen de la cueva.

Una luz brilló por detrás de Jack, pero era demasiado tarde: ya casi estaba en la escalera de salida. Al empezar a subir, se tropezó en el primer escalón y la bolsita se le escapó de las manos. La buscó a tientas, la encontró y subió los escalones de dos en dos. Mientras, sus perseguidores estaban entrando en la primera sala.

Cuando llegó al final de la escalera, Jack empujó la trampilla hacia arriba y la luz inundó el túnel. Saltó afuera y miró alrededor. Allí no había nadie. Jack dio un grito de rabia. Oía a los bandidos subir por las escaleras. A lo lejos divisó una pequeña ciudad. Su única opción era conducirlos hasta allí.

Corriendo cuanto podía, Jack se dirigió hacia la llanura. Los hombres lo perseguían, amenazándole con hacerle cosas terribles, y cada vez estaban más cerca. Jack vio un arbusto espinoso. Saltó por encima y aterrizó de pie, con un gran impacto. Los hombres hicieron lo mismo. Estaban tan cerca que los oyó gruñir.

De pronto, se oyó el ruido de un coche: parecía que estaba derrapando. Jack creyó que habían llegado refuerzos, pero se quedó espeluznado al ver que era la camioneta de Carl con este al volante. De golpe, Jack tropezó y cayó al suelo sobre sus manos. No pudo evitar acordarse de la pesadilla que había tenido: todo lo que le estaba pasando era exactamente igual que en el sueño.

Las sombras de los hombres le pisaban ya los talones. Cuando se abalanzaron sobre él, Jack gritó:

–¡Noooo!

En ese preciso instante, sonó un chirrido horrible. Jack se preguntó si Carl había perdido el control de la camioneta e iba a atropellarlo. Entonces levantó la vista hacia el lugar de donde procedía el ruido: diez coches de la policía mexicana, con las sirenas sonando al máximo, se dirigían hacia él a toda velocidad.

Tan pronto como vieron a la policía, los hombres se apartaron de Jack y corrieron hacia la camioneta, tratando de escapar. Carl el Cruel redujo la velocidad para que sus compinches pudieran subir, pero al hacerlo perdió un tiempo muy valioso. Nueve coches de policía rodearon el vehículo y a los hombres. Ya no había manera de que huyesen.

El otro vehículo policial se acercó a Jack, dio un frenazo que le hizo tragar algo de polvo y de él salió un agente mexicano.

Como sabía que Jack no hablaba español, le habló en inglés.

–Jack –dijo–, siento llegar tan tarde. Me gustaría poderte decir que ha sido a causa del tráfico –añadió, avergonzado–, pero la verdad es que es la hora de la siesta, y me

ha costado mucho despertar a mis chicos para venir hasta aquí.

Jack no sabía si enfadarse o reírse.

–Está bien –dijo Jack–. Al final, han arreglado ustedes las cosas.

–No –dijo el agente–, más bien las has arreglado tú. Carl el Cruel es uno de los criminales más buscados desde hace años. Ha estado aterrorizando a la gente y robando tesoros desde que podemos recordar. Con él en la cárcel –añadió–, México será un sitio mejor y más seguro.

Jack se puso en pie y se sacudió el polvo de la ropa. Luego le entregó la bolsita con la piedra roja al agente.

–Esto tiene que estar bien vigilado –dijo–. Si lo mantienen guardado a buen recaudo, nadie podrá robar el tesoro de Moctezuma.

–Cuando llegue a Ciudad de México se lo entregaré a las autoridades competentes –dijo el agente.

–También tendrán que sellar la cámara subterránea –dijo Jack–, para asegurarse de que nadie intenta llevarse algo de ahí.

–Ya está hecho –aseguró el agente–. Acabo de mandar a mis mejores hombres a vigilarla.

–Y un par de cosas más... –dijo Jack–. Cuando registre a Carl el Cruel, encontrará un mapa. Cuando lo tenga, por favor, devuélvaselo al señor García –pidió Jack–. Esta es su dirección –añadió, mientras la apuntaba en un papel–. Y dígale que a partir de ahora deberá guardar el mapa en un lugar más seguro –añadió sonriendo.

Jack se dio cuenta de que el agente no entendía de qué le estaba hablando, pero supo que haría lo que Jack le había pedido.

–¿Han investigado a María, la chica que limpia en la casa del señor García? –preguntó Jack.

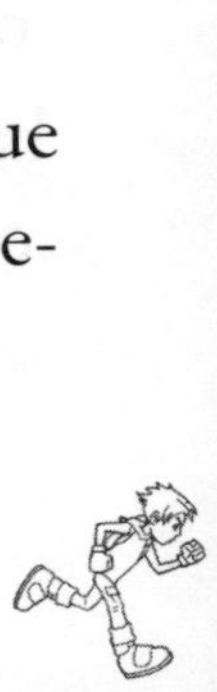

–Claro que sí –contestó el agente–. Tuviste buena intuición. Uno de los hombres de Carl es familiar de ella, y por eso los ladrones sabían que existía el mapa. Ahora mismo vamos a mandar unos agentes a su casa –explicó– para que la lleven a comisaría y conteste algunas preguntas.

–¡Genial! –dijo Jack, que estaba encantado de cómo habían salido las cosas.

Al mirar a Carl el Cruel, no pudo evitar sonreír. Lo habían sacado a rastras de la camioneta, lo habían tirado al suelo y le habían puesto unas esposas, como al resto de los ladrones. Cuando los agentes pusieron a Carl otra vez en pie, el cazador de tesoros se volvió para mirar a Jack con un gesto desafiante.

–Ya te cogeré –pudo leer Jack en sus labios.

–No lo harás –contestó Jack de la misma manera.

Carl gruñó, y entonces los agentes los metieron a él y a sus hombres en uno de los coches. Iba a pasar mucho tiempo antes de que alguien volviese a ver a Carl el Cruel por ahí.

Capítulo 18
El desenlace

Como todo estaba resuelto, era hora de que Jack se fuera. Sin embargo, no tenía el Reloj-Teléfono, así que no podía usarlo para volver a casa.

Esperó a que la policía se fuese del lugar y, cuando estuvo seguro de que no había nadie alrededor, abrió la mochila. Sacó el mapa mágico portátil y lo extendió en el suelo. Cuando un agente secreto estaba lejos de su casa y necesitaba desplazarse para una misión, podía hacerlo usando ese mapa y una pieza de rompecabezas que le daba Whizzy.

Pero como Jack estaba intentando hacer lo contrario, iba a tener que usar un método distinto. Primero puso el dedo índice sobre el mapa de Inglaterra y contó hasta cinco. Cuando este registró su identidad y su país de origen, una luz empezó a surgir de ese punto del mapa.

Al ver la luz, Jack gritó:

–¡A Inglaterra!

Hubo un estallido de luz y el mapa se tragó a Jack.

Enseguida se encontró, con el mapa al lado, en su habitación. Volvió a ponerlo en la pared y guardó la mochila debajo de la cama. Se sentó delante del ordenador, entró en la página de la FPG reservada para agentes y envió un mensaje contando lo que había pasado con el Reloj-Teléfono y pidiendo que le enviasen uno nuevo. Después se metió en la cama y volvió a abrir su libro de cazadores de tesoros.

Buscó las páginas donde se relataba la historia de Carl el Cruel y se quedó mirando la cara de desprecio del malhechor. Entonces arrancó esas páginas, hizo una bola de papel con ellas y la tiró a la papelera.

Para Jack, Carl el Cruel ya no existía. Gracias a él, el ladrón había salido de la lista de criminales peligrosos. Carl iba a pasarse el resto de sus días en una cárcel de alta seguridad, limpiando cuartos de baño, sirviendo comidas y lavando ropa. Y Jack pensó que eso era exactamente lo que se merecía.

ÚNETE A JACK STALWART EN SUS AVENTURAS

1. *A la caza del dinosaurio asesino (USA)*
2. *El secreto del templo sagrado (Camboya)*
3. *En busca del tesoro perdido (Australia)*
4. *El misterio de la Mona Lisa (Francia)*
5. *El puzle del panda desaparecido (China)*
6. *El robo de las joyas de la Corona (Gran Bretaña)*
7. *Tras los traficantes de marfil (Kenia)*
8. *Peligro en el Gran Premio (Italia)*
9. *Carrera mortal al espacio (Rusia)*
10. *En busca del oro azteca (México)*

AGENTE SECRETO JACK STALWART

NOTAS DEL AGENTE SECRETO